Hildegard Hönemann

Schmetterlingszeiten

Werde, der du bist!

November 2007

Vorwort

Nach dem Erscheinen meines ersten Buches „Flieg doch – flieg! Gedichte vom Aufbruch" im Jahr 1998 widmete ich mich weiterhin dem Schreiben.

Im Mittelpunkt meiner Arbeiten steht das Menschsein. Es entstand Lyrik und Prosa, die sich aus meinem tiefsten Gespür entwickelte und sich aus zwischenmenschlichen Erfahrungen ergab. Zudem ließ ich mich von Malarbeiten, Skulpturen und Fotografien, die mir Künstler vorstellten, inspirieren.
Ich schreibe gern Allegorien, in denen ich auch Bilder aus meinen Träumen verarbeite. Auch die Natur inspiriert mich, ich fühle mich eins mit ihr, hier bin ich froh.

Ich kann nicht aufhören zu suchen und zu fragen, das Geheimnisvolle reizt mich. Interesse haben, aufmerksam sein, offen sein für Neues, etwas wissen wollen, bereit sein zum Hören, zum Austausch, zum Dialog, zum Forschen und Lernen begeistert mich, und:

Ich möchte sein, die ich bin.

Hildegard Hönemann
November 2007

Zum Geleit

Wenn ihr seid,

was ihr sein sollt,

dann werdet ihr Feuer

auf der ganzen Erde

anzünden.

Katharina von Siena[1]

---

[1] Zitiert aus der Predigt von Johannes Paul II. zum Abschluss des XV. Weltjugendtages Tor Vergata, 20. August 2000, http://www.weltjugendtreffen.ch/wjt00/download/prd000820.pdf.

Inhaltsverzeichnis

Abbildungsverzeichnis

Titel: Limorius. Pastellkreidezeichnung von H. H.

Porträtfotografien auf S. 2 und Umschlag:
Thomas Hönemann, 16. September 2007

Ich danke allen Künstler(inne)n, die Bilder ihrer Arbeiten zur Illustration dieses Buches zur Verfügung gestellt haben.

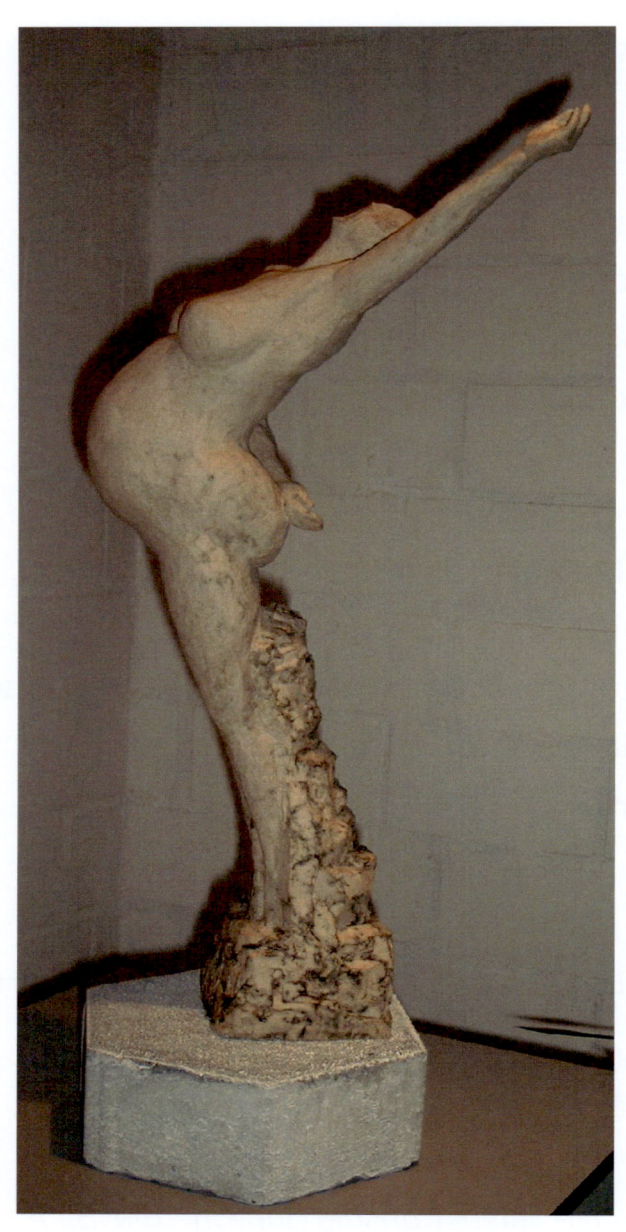

Gisela Pommerenke: Schwanger

Aufbruch

Manchmal beginnt etwas
Als sei es das Ende
Nur
Ich weiß es dann noch nicht
Es ist wie eine Geburt
Wehe an Wehe
Schmerz folgt Schmerz
Ich stecke im Geburtskanal
Wie in einer Katakombe
Unübersichtliche Gänge
Ein Labyrinth
Ohne Licht
Schaurige Kälte
Tränen frieren
Die Seele schreit
Die Angst lauert
An jeder Ecke
Doch irgendwo
Irgendwann
Fliegt das erdrückende
Dach weg
Lichter gehen auf
Es fallen drei Sternschnuppen
Zwei in meine geöffneten Hände
Eine in aufgepflügte Erde
Ein Samenkorn
Fängt an zu keimen
Sein Wachsen ist nicht
Aufzuhalten
Es bricht auf!

Für Dich

Eingebunden

in blauem Papier

Gedanken an Dich

blaue Reiter

malen sie für Dich

ein Wunder

in blau

Sabine Spanke: Blau

Kinderbaumtraum

ich wünsche Dir, dass
Du stark und groß wirst, wie ein Lebensbaum
Du duftende Blüten und reife Früchte trägst
Du Menschen wohltuenden Schatten schenkst
Dir tiefe Wurzeln wachsen
Die Himmelsvögel gern in Deinen Zweigen singen

Wünsche

Träumend wünschen

Ein verrückter Wunsch

Auf einer Wiese
voller Löwenzahn und Marienröschen
in einem Bett liegen
ein Buch lesen
über die Bilder der Wolken fantasieren
die Spinnweben von Märchen
aus meinem Gesicht wischen

das täte gut

Schatten

er lief und lief

vor seinem Schatten fort

bis er erschöpft

einen großen starken Baum fand

in dessen Schatten

er ausruhen konnte

Leicht stirbt es sich ...

es stirbt das Grün der Blätter
um zu leuchten im goldenen Ton
es sterben so viele Gedanken
und neue warten schon
es sterben so viele Tränen
sie waschen das Sehen rein
es sterben so viele Gefühle
um später stärker zu sein
drum sage ich mir
lass alles los
schwimm mit den Wellen des Lebens
es wartet das Leben
es spähet der Tod
leben - sterben
und nicht vergebens

Der weiße Fleck

Sterile Luft lag wie eine Glocke über den Räumen. Keimfrei, staubfrei. Statuen und Bilder sahen sich an. Verhaltene Stimmen. Unsere Studiengruppe staunte und tuschelte erregt. Unser Seminarleiter führte uns in diesem Museum zu verschiedenen abstrakten Gemälden.

„Was will der Maler uns wohl mit diesem Bild sagen", fragte er uns bei jedem Gemälde, das wir betrachteten. Wilfried, unser Mathematiker, stöhnte jedes Mal auf. „Ich kenne nur Quadrate, Rechtecke, Kreise usw., aber diese Farbspiele sagen mir gar nichts, wirklich nichts. Mittlerweile kannten wir Wilfried, ein totaler Kopfmensch.

Unsere Gruppe näherte sich einem Gemälde, das mich sofort fesselte. Wieder kam die Frage: "Was soll dieses Bild wohl bedeuten?" Die anderen aus unserer Gruppe zogen nach einer Weile fragend die Schultern hoch. Der Leiter wollte es schon erklären, aber ich sagte: "Einen Augenblick, ich habe es gleich - bitte."

Angestrengt sah ich auf die Details des Gemäldes, die schwache Konturen hatten. Ich sah so etwas wie Flügel, eine kniende Gestalt, gefaltete Hände und was mich am meisten faszinierte war, dass diese Gestalt ein leeres Gesicht hatte, es war einfach leer, keine Konturen - ein weißer Fleck.

Eine Eingebung sagte mir, dass das Bild eine biblische Szene darstellte. „Na, was ist denn nun," fragte der Leiter ungeduldig. „Warten Sie, noch nichts sagen, ich habe es gleich," erwiderte ich.

„Ja, das ist es", hörte ich mich sagen, „ja!" „Was?" „Es ist die Verkündigung Mariens - ja das ist es", stellte ich überzeugt fest. „Und was soll der weiße Fleck hier", und zeigte auf das leere Gesicht, dem weißen Fleck. Stille. „Das - das ist - weil jeder von uns diese Gestalt sein könnte, jeder von uns könnte eine Verkündigung erhalten, man könnte jedes Gesicht dort hineinmalen - darum ist es leer", sagte ich sicher. Knisterndes Schweigen.

„Kannten sie dieses Bild schon?" „Nein, ich sehe es heute zum ersten Mal, wer hat es gemalt?" Der Leiter nahm den Zettel fort, den er über die Signierung gehalten hatte. „Sehen sie," sagte er, „es ist von Dali und heißt: Die Verkündigung, sie haben recht!"

Der weiße Fleck sah mich herausfordernd an.

In mir – ein Ort

zu dem geh' ich gern auf Reisen
er ist so nah - er ist so fern
ich kann dort gut verweilen
er ist so still - er ist so tief
ein großer blauer See
mal blühen Blumen - mal ist Frost
mein trauter Ort voll Schnee
so viele Bilder warten dort
kann sie nicht all' beschreiben
du kannst nicht mit an diesen Ort
allein nur kann ich bleiben
doch kehr ich dann beschenkt zurück
so bring' ich reiche Schätze mit
zu teilen ist dann unser Glück

Sternengeflüster

Als Kind stand ich an Abenden, an denen die Sonne den Mond voll erscheinen ließ, im Garten. Dort störte kein künstliches Licht den hell erleuchteten Himmel. Ich lauschte dem Flüstern der Sterne. Ich fragte mich oft, wo fängt der Himmel an und wo hört er auf. Woher kamen die Sterne und woraus waren sie geboren. Einige Sterne schienen matt, als seien sie weiter fort, als die zitternden grell leuchtenden.

Dann fragte ich mich, ob die Menschen in Amerika wohl die gleichen Sternenbilder sahen wie ich, das wäre fantastisch.

Manchmal sah ich Sternschnuppen. Ich dachte, diese seien für die armen Kinder der Welt bestimmt. Sie würden sie auffangen und damit sehr glücklich werden. Und wenn der Himmel immer weiter ginge, so gäbe es ja viele Sterne und Planeten, die ich gar nicht sehen konnte, aber wer sah sie dann?

Für wen waren die Sterne überhaupt gemacht worden, welchen Sinn hatten sie? Und gab es da oben wohl einen Meister, der die Sterne und Planeten in ihre Bahnen wies, sonst würden sie doch sicher mal aneinanderstoßen. Was wäre, wenn dieses Gefüge auseinanderfiele, wenn der Himmel herabstürzte?

Ich glaubte, dass jeder Mensch einen Stern geschenkt bekäme, auf dem er dann ins Unendliche reisen könnte. Das glaubte ich damals als Kind - und möchte es heute auch noch glauben!

Träume

verbrannten
im Ikarusflug
Lebenswind
blies in die
verglimmende Glut

heute freue ich mich
über
Buschwindröschen

Ingeborg Möllers: Über den Wolken (Vulkan II)

Neuland

die Wüste
überlebt

durch den Dschungel
gekämpft

tief im Canyon
gegangen

den Ätna
bestiegen

wo bin ich
gelandet?

Bei mir!

Schneeglöckchenfieber

In der dunklen Kälte
liegt ein Ahnen
von geboren werden
schillernde Farben
atmen in der Lebensblase
erfüllen Räume
bersten vor Entstehen

Glutwind
entfacht
Seelenfeuer

Das erste Mal ...

als du mich anschautest
sah ich nur deine Augen

das erste Mal
als du mir aufmerksam zuhörtest
fühlte ich mich verstanden und geliebt

das erste Mal
als wir nach sanfter Musik tanzten
fielen Sterne auf mein Samtkleid

das erste Mal
als du mich zärtlich berührtest
fiel ich in ein tosendes Wellenmeer

beim ersten Mal
bis zum
letzten Mal

Paradiesapfel. Foto: Th. Hönemann

Mimose

Nimm mich
wie eine Geige
hebe mich behutsam
aus dem dunklen Kasten
Staubkörnchen puste
vorsichtig ab
prüfe meine Stimmung
lege mich sanft
in deine Arme

und dann ...

entlocke mir
lichte Töne

Tod

durch Erschlagen

Worte wie Steine

Kain und Abel heute

Rufmord

Traumbuch

Spiegel meiner Seele

bunte Filme

festgehalten

schwarz auf weiß

Briefe an mich

die ich

öffne und lese

Novemberschleier

Trauer gleicht schwarzen Vögeln

die dich im Sonnenlicht umkreisen

schwirren durch neblige Hirngespinste

setzen sich auf vernarbte Seelenäste

sie sind so groß und mächtig

wie du sie machst

Blicke

umfangen mich
liebkosen meine Haut
tauchen in mein Meer
unergründlich

Schmetterlinge

im Bauch
beflügeln meine Seele
schlagen gegen die Bauchdecke
Schmerzen

Ingeborg Möllers: Alpenglühen

Vielleicht

sollt ich es suchen
gen Osten gehen
der Morgenröte entgegen

vielleicht
gen Westen gehen
zum rot geschwängerten
Abendhimmel

vielleicht
dem Lockruf des Windes
dem Wellengesang
lauschen

vielleicht
bei dir
vielleicht
in mir

ich werde es finden -
das Glück

vielleicht

Verwandte Seelen

Deine Augen
wie meine

Deine Worte
wie meine

wir bewegen uns
im Gleichklang
beschwingter Seelentanz
nach der Melodie des Lebens

ich lass es mir
nicht nehmen
das Tanzen
wie lange?

Gisela Pommerenke: Tänzerpaar 1

Seelenverwandtschaft

tiefe Blicke
verstehen ohne Worte
ein Meer bunter Träume
hineingefallen

Ein Zauberflimmern

schwebt um uns

wie tausend Glühwürmchen

erhellt die Nacht

kann es nicht fassen

entgleitet

aber

das Leuchten

habe ich gesehen

Schau mir ins Gesicht

schau in meine Augen
den Spiegel meiner Seele

ich bin anders als du
jünger älter
weiß gelb oder schwarz

meine Haut
anders als deine

ich denke glaube spreche
anders als du

trotzdem sind wir
Schwestern Brüder

doch bitte

schau mir ins Gesicht
schau in meine Augen

Gesichter der Welt. Fotos: F.-J. Schröder

So wie ein Gärtner

solltest du zu mir sein
ein Rosenfreund

mich in gute Erde pflanzen
gießen
düngen
pflegen
beschützen

meine wilden Triebe
lass mir bitte
du magst sie doch
auch

Das Kind in mir

will spielen
morgens sind wir
still
fühlen
was sich meldet

dann fliegen wir
in den Tag
warten
was kommt
spüren
fragen
hoffen

abends erschöpft
sagen wir
AMEN

so sollte es sein
mein Kind

für Tanja

Kleiner Wirbelwind

du lachst
du tanzt
dein Lied beseelt
deine Worte beflügeln
überall ist dein zu Haus
sogar in den Lüften

es müsste so bleiben

Ich wollte die Brust

bekam die Flasche
ich wollte rote Sandalen
bekam Holzschuhe
ich wollte ein Pferd
bekam eins zum Schaukeln
ich wollte einen Ball
bekam eine Schürze
ich wollte ein Himmelbett
bekam einen gläsernen Sarg

ich fing neu an
und bekam fast alles

Ungelebt

es brennt
der wilde Garten
Traumblumen zerfallen zu Asche
verloren

Mein ergrautes Haar

zeigt dir mein volles Leben

manchmal -

ist es bunt

Jetzt

möchte ich sehen
nicht blind sein

jetzt
möchte ich hören
nicht taub sein

jetzt
möchte ich
riechen fühlen schmecken

Was für ein Leben

Jetzt

Ich mag sie

die großen Adler
die ihre Flügel brachen
im Sturm
an einer Felswand

sie suchen ein Nest
zum Pflegen
zum Heilen

irgendwann
üben sie wieder
den Flügelschlag
schauen dankbar

erheben sich wieder
in die Lüfte
schweben davon

manchmal höre
ich noch ihre Schreie

ich mag sie

Sinnvoller Herbst

Nass und Grau
Blau himmelig und bunt

es riecht nach
gewaschener Erde und Grün

Wildgänse ziehen schreiend

ein Regenbogen
Wolkenbilder

ein Vogel schaut mich an
ich fliege mit ihm fort

Weil ich es will

springe ich über Mauern

weil ich es will
stürze ich mich ins Meer

weil ich es will
vertreib ich dunkle Wolken

weil ich es will
gehe ich durch den Regen

weil ich es will
sehe ich Sterne leuchten

weil ich es will
träume ich mich fort

weil ich es will

Schmetterlingszeiten

Du fühlst dich wie eine Raupe im Kokon
Gefangen im Dunkel deines Seins
Gezwängt in Normen, Formen, Anpassung
Doch du möchtest dich befreien, entfalten
Sehnst dich nach deinem wahren Ich

Irgendwann kommt die Zeit
Da sprengst du deinen Seelenpanzer
Fetzen fliegen –
Von deiner alten Haut
Die du nicht mehr erträgst

Wie ein Wunder
Spürst du deine gewachsenen Flügel
Die dich beschwingt in dein neues Leben tragen

Manche sagen: "Wir haben keine Flügel."
- „Der Himmel" in dir ist voll davon -

Silvia Niemeier: Entpuppt

Menschen wie Du und ich

Manche Menschen sind wie Zugvögel
Im Herbst wollen sie in den Süden
Die Sonne, die Wärme lockt
Sie sagen es tut weh
Das Fernweh

Manche Menschen sind wie heimische Vögel
Sie trotzen dem Winter
Hoffen auf den Frühling
Sie sagen es tät weh
Das Heimweh

Alle Vögel können doch fliegen
Alle Vögel sehen den gleichen Vollmond
Und am Ende
Wird der Himmel für alle
Blau sein

Ich bin so gerne Frau

Viele Dinge auf einmal tun
Anregende Gespräche führen
Herzhaft lachen
Auch mal weinen
Singen und tanzen
Menschen umarmen

Meine Zeit gut behandeln

Träume backen
Wolkenbilder bauen
Ein bisschen verrückt sein

Sein – die ich wirklich bin
Und –
Einfach Frau sein

Mein Boot

Kleine Arche
Wogend
Auf hoher See
Allein

Blinde Passagiere
Flüchteten
Ans sichere Land

Freunde
Steigen ein und aus
Sie lieben auch
Den Wellentanz

Der Wind
Treibt uns dahin
Wo er will

Souvenir von Norderney

Was für ein Tag

Ein Traum entließ mich ahnungsvoll
Ermunterte mich
Fang dein Werk an

Im Feld
Roch ich getrocknetes Gras
Gedroschene Gerste
Danke fürs Brot

Im Bach der Sumpfbiber
Am Baum das Eichhorn
Auf der Wiese ein Fasan
Überall Leben

Abendsonne gülden
Versinkt im Kornfeld
Rot geschwängerte Lichtstrahlen
Geh heim

Am Schreibtisch
Gedanken Worte quellen
Der Baum im Garten
Spricht mir Mut zu

Was für ein Tag
Mein Herz voll

Die Menschen wach küssen -
Das möchte ich
Jeden Tag

Dieser magische Ort

Traum fangend
Ruhe trinken
Fernab der schnellen Zeit
Sie lärmt

Verweile
Hier und bei dir
Höre was
Bäume und Winde
Dir flüstern

Lausche
Sie rufen
Deinen Namen

Klänge im
Zauberreich

*Skulpturenpark an der Kliever Mühle
gestaltet von Klaus Becker, Foto H. H.*

Winternacht. Foto H. H.

Winternacht

Mich lockt die Nacht so Sternen klar
Ich will an nichts mehr denken
Was heute ist was gestern war
Lass meinen Schritt nur lenken

Er geht hinaus ins freie Feld
Das Licht es ist betörend
Der Vollmond oben Wache hält
Die Stille ist beschwörend

Das weiße Feld voll sanfter Flocken
Und oben Sterne leben
Auf lichtem Samt die Schatten hocken
Ergriffenheit will beten

So steh ich einsam in der Flur
Die Seele will sich heben
Es ist ein Augenblick ja nur
Verspüre inneres Beben

Ich muss zurück in graue Mauern
Ins Leuchten aus den Neonröhren
Bewahre mir das heil'ge Schauern
Und auf die Stille hören

Menschen im Advent

Ich kenn sie noch
Menschen
die im Advent Termine streichen
die nicht durch Geschäfte hetzen

Ich kenn sie noch
Menschen
die Geschenke basteln
die wahre Gespräche suchen

Ich kenn sie noch
Menschen
die Ruhe und Stille ertragen

Ich kenn sie noch
Veilchen
die im Winter blühen

Maare

Wartend werden
Spüre tief Quellen
Strömen in meinen Lebensfluss
meerend

Denia, Costa Blanca, April 2007. Foto H .H.

Ruhe

Im Herzen

Ein Sandkorn sein

Gedanken fallen ins Meer

Grundlos

Lichtgestalt

Schwerelos fühlen

Utopia weicht Wirklichkeit

Geistiger Schutz umhüllt mich

Vision

Behandle deine Zeit gut

... sonst läuft sie dir davon!

Die Autorin

Hildegard Hönemann wurde 1946 im westfälischen Soest geboren. Sie erlernte den Beruf der Bankkauffrau. Sie heiratete 1968, hat zwei Kinder und vier Enkelkinder. Heute wohnt sie im ländlichen Erwitte-Horn.

Seit der Jugend widmet sie sich der Literatur und anderen kreativen Bereichen wie Malerei. Von 1994 bis 2004 war sie durchgehend Teilnehmerin der „Schreibwerkstatt" der VHS Soest. 1999 erhielt sie ein Stipendium bei der Autorin Kristiane Allert-Wybranietz, Auetal-Rolfshagen.

Die Autorin hält mit ihren Gedichten und Geschichten Lesungen. Sie veröffentlichte ihre Texte 1998 im Buch „Flieg doch – flieg! Gedichte vom Aufbruch". Ihre Werke erschienen zudem in zahlreichen Anthologien, Projektmappen, Zeitungen und Kalendern.

Bibliographie

– eigene Veröffentlichung –

Hildegard Hönemann, Flieg doch – flieg! Gedichte vom Aufbruch, Berlin (Frieling Verlag) 1998, ISBN 3828005837

– Sammelbände etc.[2] –

Schreibwerkstatt VHS Lippstadt (Hrsg.), Schreibwerkstattbuch II, Lippstadt 1994

Kirchenkreis Unna (Hrsg.), "Es ist dir gesagt Mensch was gut ist", Unna 1995

Schreibwerkstatt der VHS Lippstadt (Hrsg.), Worte III, Lippstadt 1995

VHS der Stadt Unna (Hrsg.), Sprache der Bilder – Bilder der Sprache. Kalender, Unna 1996

Schreibwerkstatt der VHS Lippstadt (Hrsg.), Worte IV, Lippstadt 1996

---

[2] Sofern nicht anders gekennzeichnet, sind die Werke im Selbstverlag entstanden.

Kristiane Allert-Wybranietz (Hrsg.), Leben beginnt jeden Tag, Anthologie, München (Heyne Verlag) 1998, ISBN 3-453-14320-5

Schreibwerkstatt der VHS Soest (Hrsg.),
    Von hier nach da, Soest 1999
    Von hier nach da, Soest 2001
    Schwarz auf Weiß, Soest 2004

Erhard Kayser (Hrsg.), Haus Stockebrand. Ein altes Haus wird wieder jung, Möhnesee-Körbecke 2004

Forum Keramik - Dipl. Päd. Guntmar Stiegler – in Kooperation mit der Schreibwerkstatt VHS Soest (Hrsg.), Keramik und Poesie, Beckum 2005

Sigrid Wobst (Hrsg.), Die Farbe Blau, Möhnesee 2006

Impressum / Kontakt

Über Ihre Reaktionen, Kritik, Anregungen etc. freue ich mich sehr. Sie können mich auf verschiedenen Wegen erreichen:

Hildegard Hönemann

Im Rübenkamp 9
59597 Erwitte – Horn

Tel. 02945/2790

E-Mail: hhoenemann@web.de

Internet: http://hildegard.hoenemann.de

ISBN: 9783837012309
Preis: 8,90 Euro

Satz und Layout: Thomas Hönemann

Herstellung und Verlag:
Books on Demand GmbH, Norderstedt
http://www.bod.de